중간에서 만나

중간에서 만나

발행일	2017년 7월 12일			
지은이	소버 스튜디오			
펴낸이	손 형 국			
펴낸곳	(주)북랩			
편집인	선일영	편집	이종무, 권혁신, 이소현, 송재병, 최예은
디자인	이현수, 이정아, 김민하, 한수희	제작	박기성, 황동현, 구성우
마케팅	김회란, 박진관, 김한결			
출판등록	2004. 12. 1(제2012-000051호)			
주소	서울시 금천구 가산디지털 1로 168, 우림라이온스밸리 B동 B113, 114호			
홈페이지	www.book.co.kr			
전화번호	(02)2026-5777	팩스	(02)2026-5747

ISBN   979-11-5987-647-9 03810(종이책)   979-11-5987-648-6 05810(전자책)

이 도서의 국립중앙도서관 출판예정도서목록(CIP)은 서지정보유통지원시스템 홈페이지(http://seoji.nl.go.kr)와
국가자료공동목록시스템(http://www.nl.go.kr/kolisnet)에서 이용하실 수 있습니다.
(CIP제어번호 : CIP2017015866)

(주)북랩 성공출판의 파트너

북랩 홈페이지와 패밀리 사이트에서 다양한 출판 솔루션을 만나 보세요!

홈페이지 book.co.kr · **블로그** blog.naver.com/essaybook · **원고모집** book@book.co.kr

중간에서 만나

글·그림 소버 스튜디오

북랩 book Lab

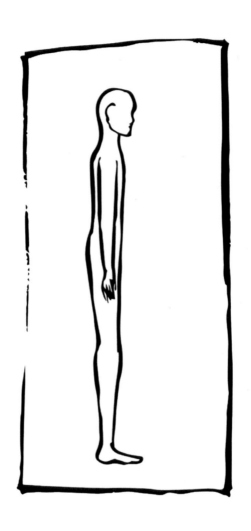

프롤로그

중반은 늘 헤맨다.

20대의 중반에,
어쩌면 모든 것의 중반에서 헤매는 이유는

지나온 것과 다가올 것들의 괴리 때문일 것이기에,
우리는 더 생각해야 한다.

사람과 관계에 대하여,
세상과 나에 대하여,
해와 달에 대한 것까지도.

모든 것에 대하여 생각하는 것은
불완전한 중반에서의 최선이다.

적당한 길에 머물기보다,
사력을 다해 떠도는 것이다.

이 책은 나의 최선이다.

불완전하기에 매 순간 완성되어가는
'중반'의 기록이다.

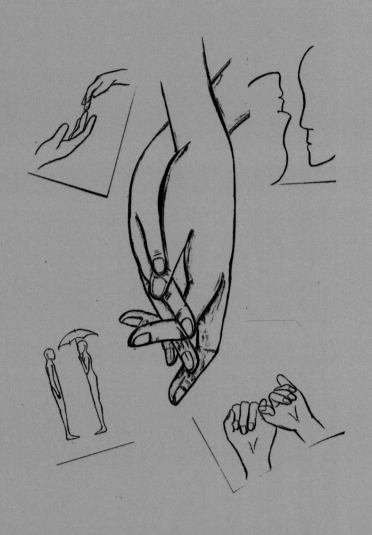

목 차

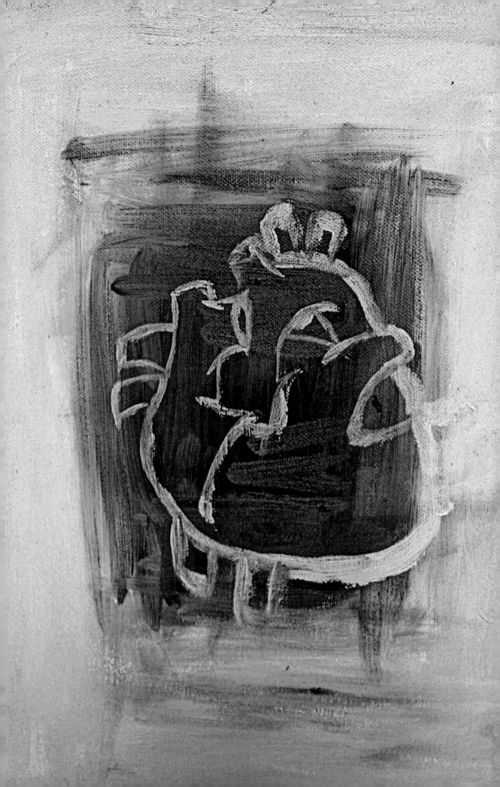

멜로

사랑은 고리타분한 감정으로부터의 탈출이며,
가장 원색적인 감정으로의 회항이다.
동시에 사랑은 정체이기도 하다.
변화무쌍함의 정체이다.
멀미가 나듯 밀려오는 파도 위에 기약 없이 정체한다.
사랑은 우리를 탈출의 과정에 끝없이 머물게 만든다.
고리타분함으로부터, 두려운 감정의 파도로부터.
그래서 사랑은 경계에 머무는 일이다.
끝없는 탈출의 과정, 그 자체가 사랑이다.
안타깝게도 우리는 경계에서 중심을 잡는 일을
잘 해내지 못한다.
그래서인지 사랑은 힘들다.
동시에, 특별하다.

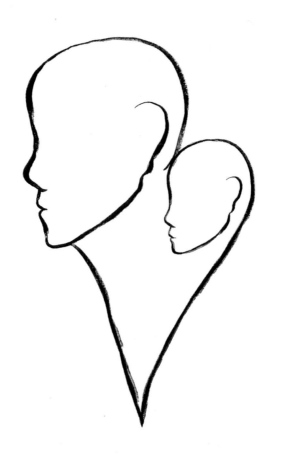

너의 뒤통수가 얼마나 예쁜지 알게 된 것은,
날 한 번도 돌아보지 않았기 때문이다.
너는 보지 못하는
너의 시선 정반대의 네 모습이,
눈빛의 색을 상상하는 것이,
내게는 행복이다.
나만 아는 그 순간, 그 사이에
네가 얼마나 아름다웠는지
너는 모른다.

사랑에 대한 수많은 증거들은
꼭 아름답지만은 않다.
우리는 불편하기에
사랑하는 것일지도 모른다.

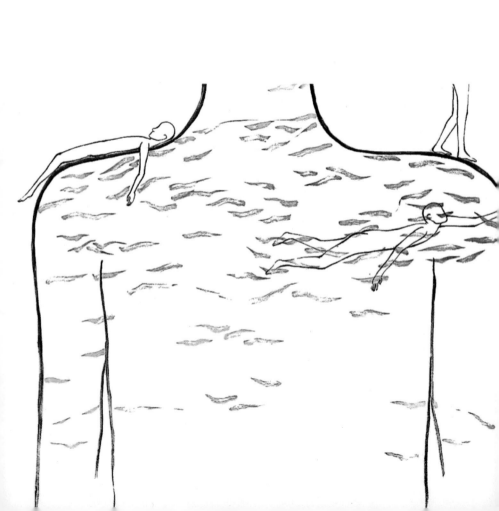

나는 끝과 끝에 머문다.
벼랑 끝에 위태롭게 매달려 있다가,
드넓은 초원에 드러누웠다.
뭍에 끌려 나온 물고기처럼
온 정성으로 몸부림치다가,
넓은 바다를 잠영했다.
나는 항상 끝과 끝에 머문다.
균형을 잡지 못하는 것은
중심이 움직이기 때문이다.
맞다.
너 때문이다.

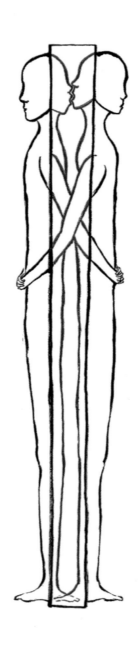

왜 그녀를 사랑하느냐는 질문에,
난 대답하지 못했다.
내게 사랑은
과분한 신비였다.
질문은,
'왜 사랑하는지'가 아니라
'무엇이 가장 사랑스러운지'였어야 했다.
그랬었다면
답은 지체 없이,
'지금 내 곁에 있어주는 것.'

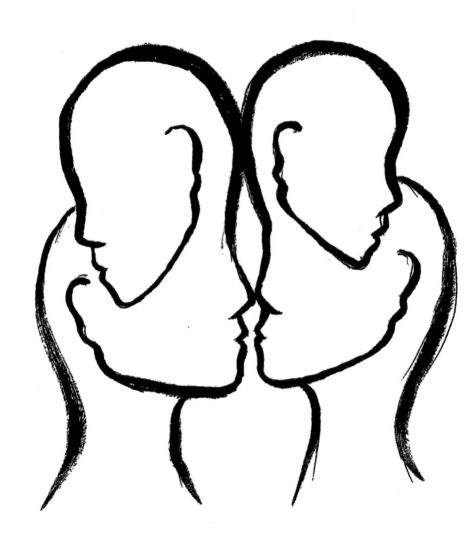

아프지 않는 가장 좋은 방법은
사랑하지 않는 것.
아름다울 수 있는 가장 좋은 방법은
최선을 다해 사랑하는 것.
아플 수 있는 가장 좋은 방법은
최선을 다하지 못하는 것.
다시는 사랑하지 않을 수 있는 방법은
삶보다 더 오래 사랑하는 것.

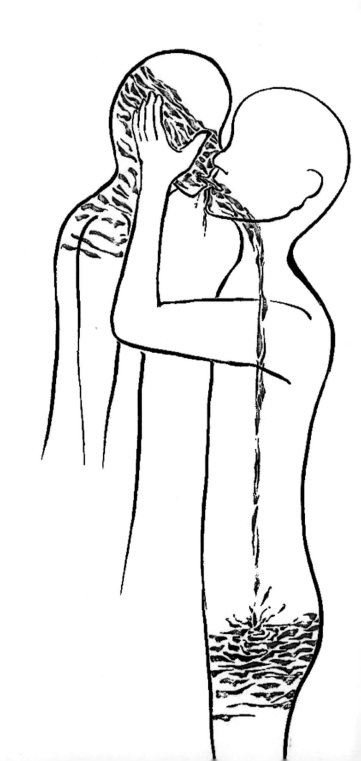

매번 밀어내다가도,
긴 하루에 마음이 동하면
서로 채워냈다.
그럼에도
암묵적인 동의의 순간에,
서로를 편히 안지 못했다.
표정을 살필 수 없는 것이
불안할 만큼
우리는 죄인이었다.

수많은 대화가 있었다.
또, 눈맞춤이 있었다.
수많은 교감들로
서로를 휘감기에 바빴다.
말로 때로는 몸짓으로.
도망가지 못하게.
무엇이든 될 수 있었지만
무엇보다도 이기적이었다.
다음날을 모르기에,
그 날을 지켜내야 했다.
한번뿐인 밤에
모든 것을 쏟아내야 했다.

멜로

아름다운 것은 푸른색이다.
사랑도 푸른색이다.
푸르른 사랑 안에서,
우리만 파랗다.
너와 나만 아는 것들은
새파란 물결을 만들어
우리를 더 진하게 물들인다.
더 진하게 행복하고
더 진하게 아프기도 하다.

중간에서 만나

멀리 있는 사람을 그리는 일은
별을 보는 것과 같다.
우주를 뚫고 오는 별빛처럼
너무 멀리서 오기에,
과거로서 내게 온다.
기억 속에만 존재하는
사람을 추억한다.
그럼에도 별빛처럼,
멀리서도 아름답다.
나는 아름답게 외롭다.
내가 없어서, 그 사람도
별처럼 외로울까.

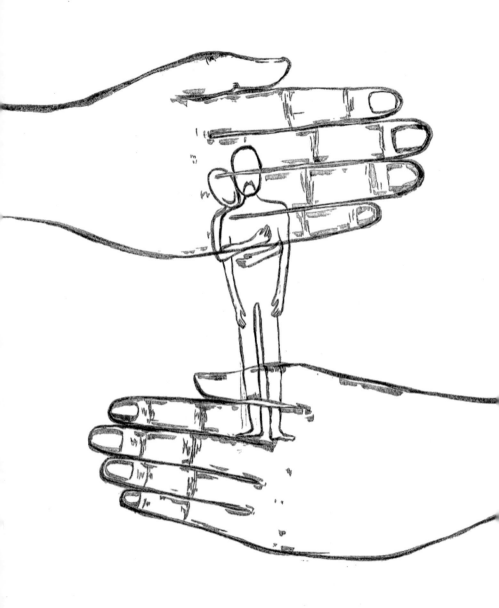

너무 추웠다.
너무 답답했다.
너는 나를 품었다고 했다.
모든 것을 희생해
불쌍한 나를
'품었다'고 했다.

중간에서 만나

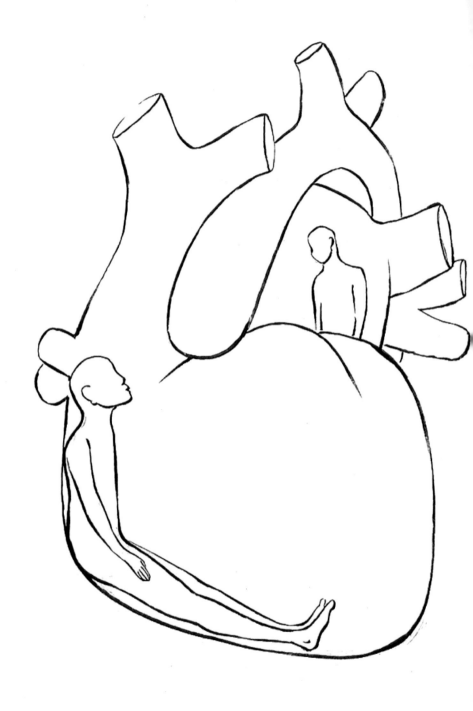

처음 만났던 날,
아무 소리도 들리지 않았고,
아무 말도 할 수 없었고,
너는 아무런 말 없이 나를 감동시켰다.
우린 '무성영화'였다.

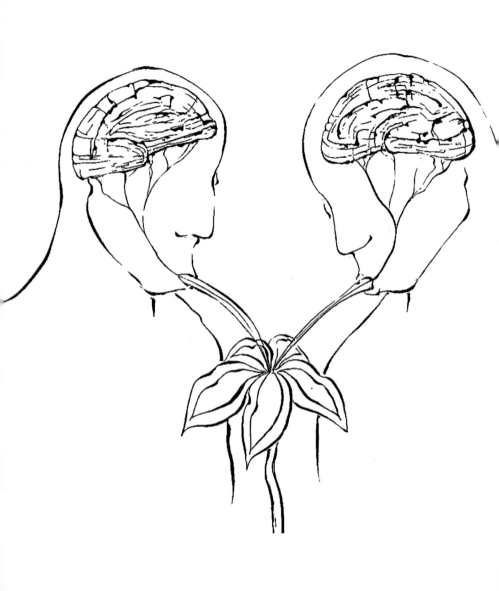

Mood

·
·
·

이야기
꽃이
피었습니다.

편지

이별은 대체로 불가항력으로 다가온다.

나는 그 천재지변 앞에서 편지지로 방파제를 쌓는다.
편지는 아프고, 슬프며, 아련하고,
밉기도 하고, 또한 고맙다.

감정은 보기 흉하게 뒤엉키지만,
언젠가는 단단하게 굳어 빈 공간을 채운다.

이별은 이렇게
서로에게 흔적을 남기는 일인지도 모른다.
사랑하는, 혹은 사랑했던 자국을
조금 과격하게 남기는 것이다.

매사에 끝이 있듯,
모든 인연의 종착은 자연스레 이별이다.

이별의 순간마다 남게 될 편지 한 통과 흔적은

인연으로부터 도망치지 않을 수 있는
나만의 방식이다.

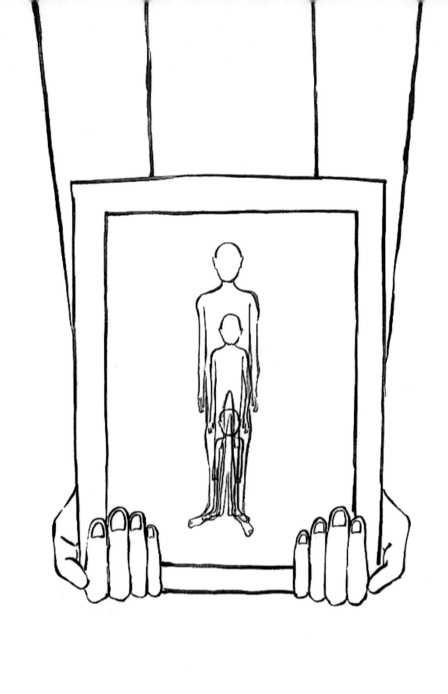

익숙지 않은 침상에
시들어있는 당신 곁으로
둘러 모이는 사람들을 보았을 때,
당신이 이대로 잠들면 안 된다고
절절히 생각했습니다.
당신은
존재의 근본적 이유고,
삶의 동반자이며,
누군가에겐
무엇과도 바꿀 수 없던
일생의 '명작'이었을 테니까요.

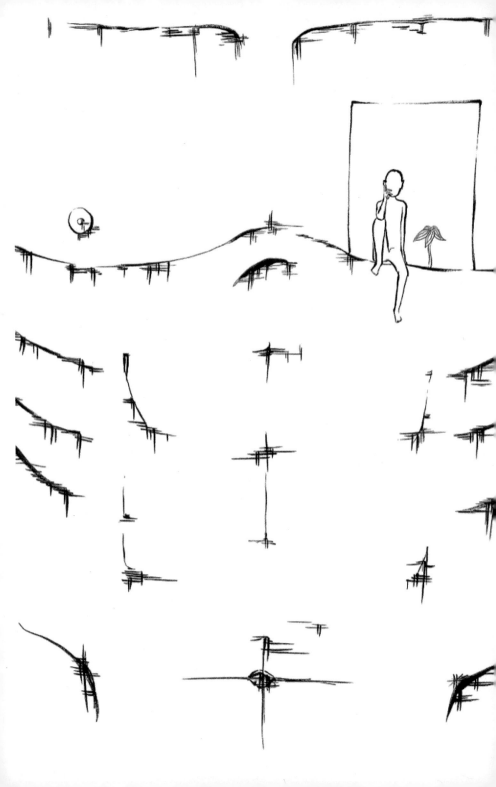

사람이 떠났다.
그 자리엔 내가 멋대로 기억한
지독히 편협한 의미만 남았다.
해 줄 수 있는 일은
편협한 공간을 아름답게 가꾸는 일이다.
그나마라도 아름답게 가꾸어 찾아가는 것이다.

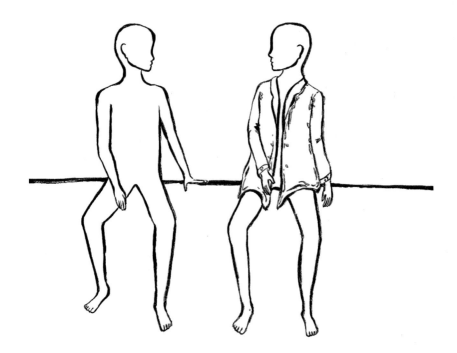

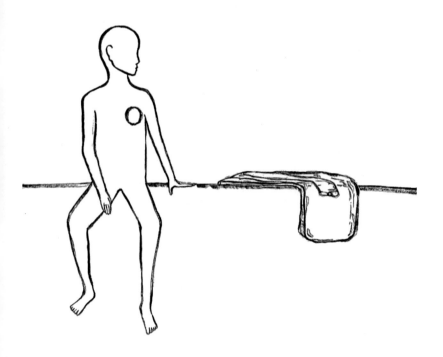

곁을 데워주던 사람이 떠났을 때.
한결 낮아진 온도에 적응이 필요하다면
외투를 입지 않는 것이다.
의연하게, 떠나간 자리를 느끼는 것이다.
그러다 따뜻한 기억이 찾아오면
그것은 그대로 따뜻하게 놔두는 것이다.
따뜻한 바람이 슬프지 않게 하는 것이다.

중간에서 만나

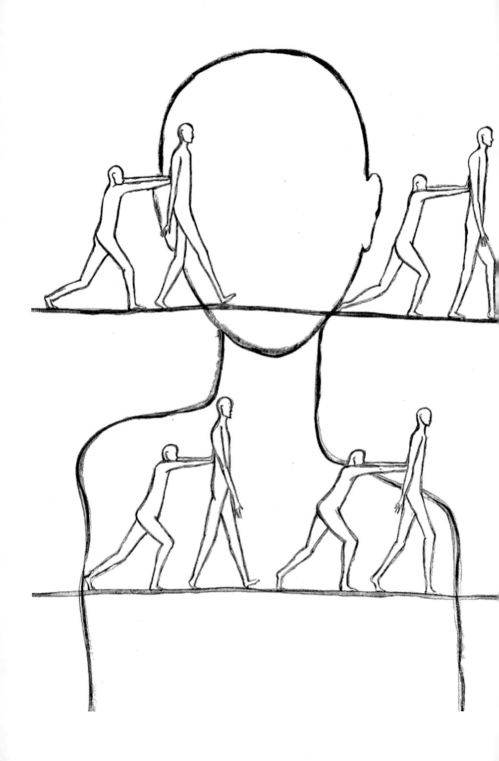

끊임없이 너를 밀어
머리 바깥으로 쫓아내면
너는 툭, 다시 떨어진다.
나의 기억은 중력이다.
그것을 거스르기엔
너는 너무 무겁다.
최선을 다해 너를 밀어내고
아무렇지도 않게 불러낸다.
매일 반복되는 이런 일이
또 속없이 틈틈이 행복한 것이
매번 너를 밀어내는 이유이다.

중간에서 만나

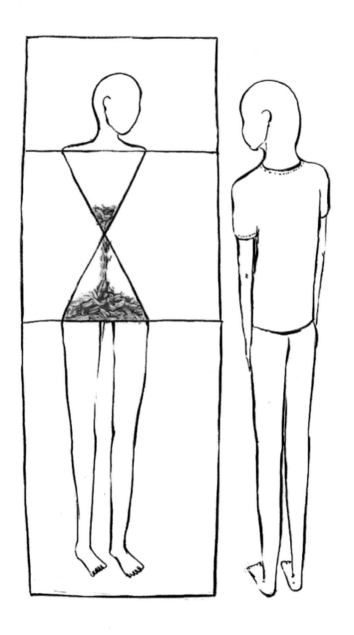

한동안 나의 가장 멋진 옷이었던
낡은 실내복을 보았다.
낡은 옷을 보면
시간이 흐른다는 것을 느낀다.
'한동안'은 항상 시류에 침식된다.
한동안 사랑했던 사람을
꿈에서 만나고, 그마저 다툰 것도,
한동안 지니고 있던
팔찌를 잃어버린 일도,
다 괜찮다.

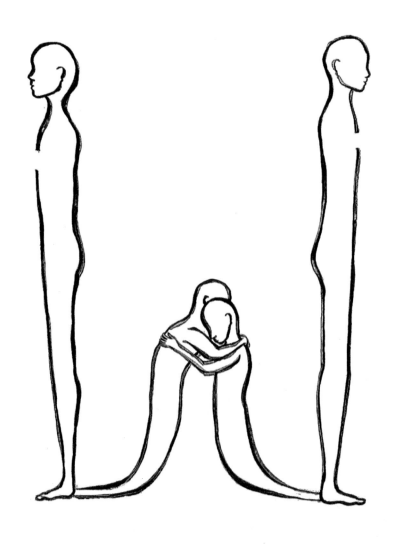

내가 보이는 등은
끝을 아는 등입니다.
쓸쓸해 보이면 그런대로,
단호해 보이면 또 그런대로,
그렇게 알고
뒤돌아 가는 겁니다.
내 등이 그대를 붙잡는다면
그대도 나를 붙잡는 등을
내어 보여주는 겁니다.
그렇게 우리는 뒤로 만나는 겁니다.

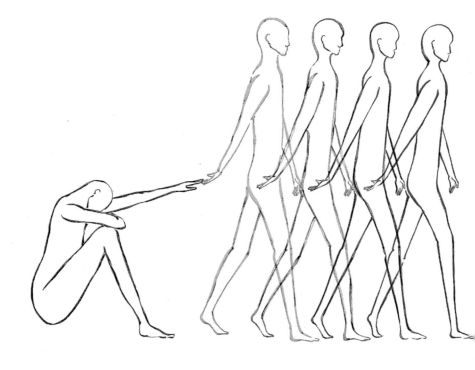

말하지 않아 사라진 것은
당신 하나가 아닙니다.
내게 와 주는 것.
오지 않는 것.
그저 그렇게 스치듯 한때가 되는 것.
오래도록 곁에 머물러 주는 것.
매몰차게 상처를 주는 것까지도.
침묵으로 잃어버린 것은
당신이 가져다줄 수도 있었던
수많은 당신입니다.

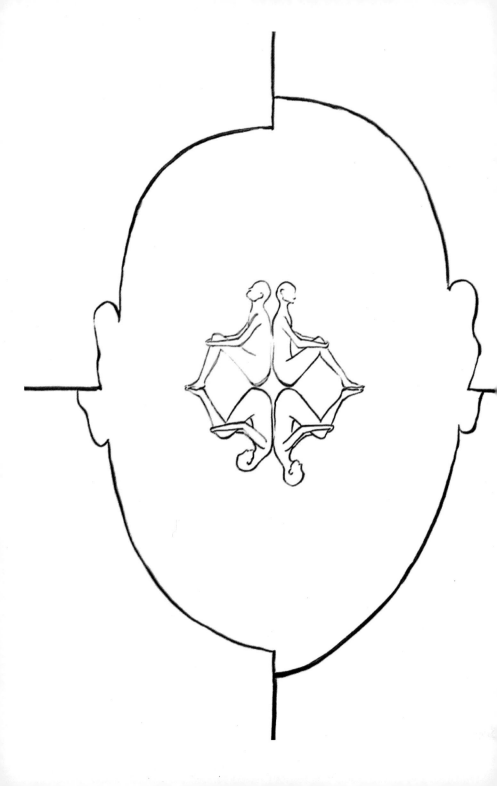

외로웠던 때의 나와
함께였던 때의 나는
지금의 내가 되었다.
내가 불완전한 것은
너무 다른 순간의 내가
종잇장처럼 겹쳐 있어서다.
언젠가 맞닿은 종잇장이
색을 완전히 섞으면,
회갈색으로, 다시 외로워지겠지만
그래도 완전히 '나'다.

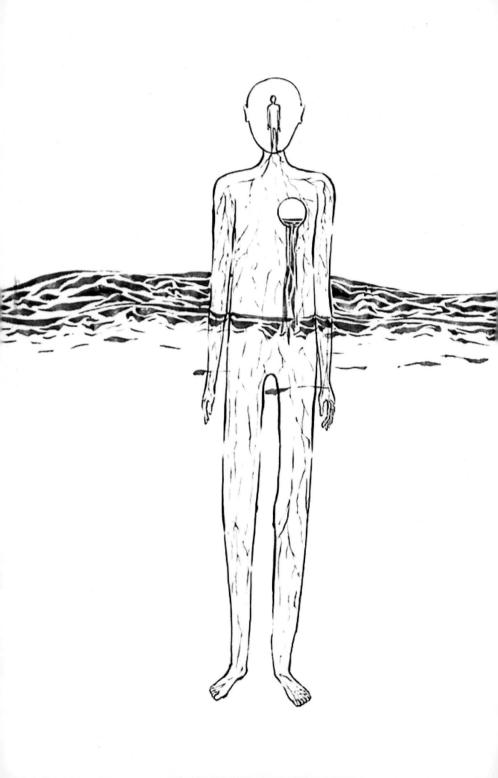

너는 혈관을 타고
나의 온몸에 전해진다.
잔인한 항해는
끝날 줄을 모른다.
가슴에 커다란 구멍을 내어서,
너의 바다를
밖으로 쏟아낸다.
너의 바다가 세상을 덮어 나를 삼키길
기도해 본다.
그때, 난 다시 너의 품에 돌아간다.

내가 불안한 것은
당신이 밉지 않아서입니다.
그렇게 악마 같던 모습이
내 상상인 것 같아서 입니다.
악마는 오간 데 없고
당신이 눈부시게 빛나서입니다.
지금의 나는 오롯이
내 잘못인 것 같아서입니다.

중간에서 만나

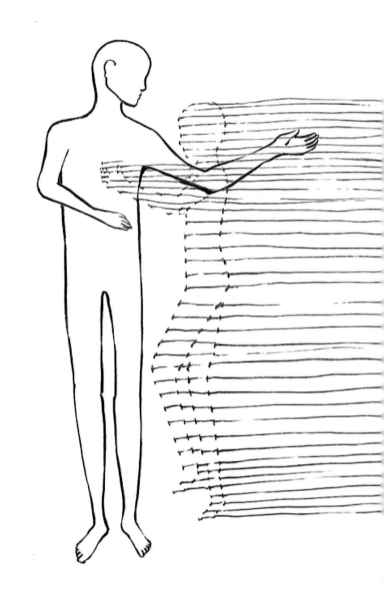

나의 아침은 너로 시작했다.

네 얼굴은 해를 머금으면 해보다 밝게 빛났다.

네가 눈을 뜨면, 우리는 창문을 열고

바깥의 날씨를 함께 느꼈다.

네가 떠나고, 아침엔 해가 들지 않는다.

그저, 벽이다.

단단하고, 춥다.

너는 내 방 안의 공기마저 가져갔는지

숨을 쉴 수가 없다. 진공이다.

침대 위를 헤엄치다가, 이불을 들춰 본다.

역시, 아무도 없다.

그래도 너의 머리가 있던 자리에

팔을 뻗고 누워본다.

눈을 감았다가 뜬다.

다시 감는다.

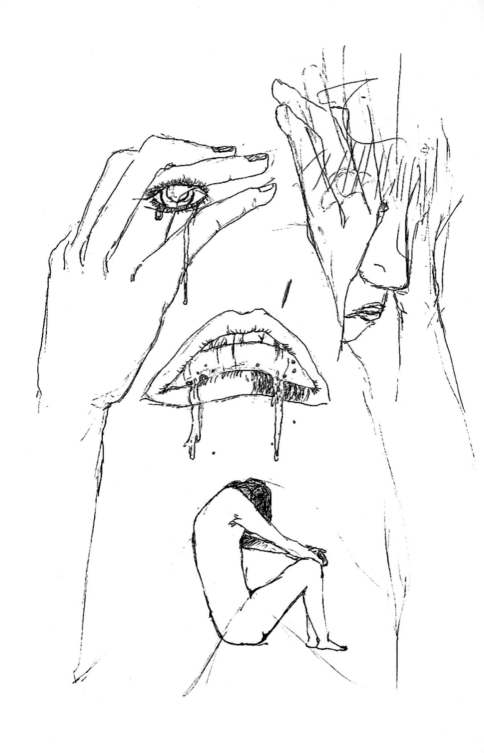

소중할수록 더 아프다.
나 말고는 아무도,
아프지 않아서 아프다.

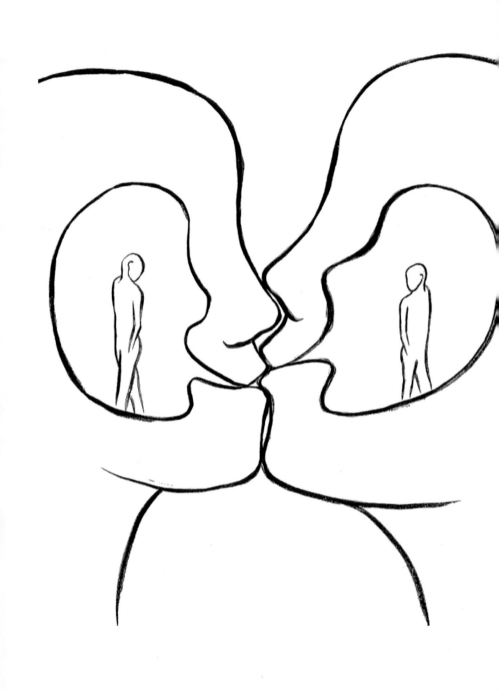

우리는 커다란 풍선이었다.
너무 커서,
어딘가는 비어 축 늘어져 버리지만
언젠간 열기구처럼 날아갈 수도 있는.
후회는 언제나 하늘을 날았다.
그것이 추락한 뒤에야 알게 된 것은
'우리는 숨이 모자란 것이 아니었다.'
처음부터 우리에겐
영원히 채워지지 않을 빈 공간이 있었다.

Mood

:
:

우산을 챙겨서 나올걸 그랬다.
아침에 객기를 부린 것이 겸연쩍어
괜히 우산꽂이를 한번 휘적이고는
장대비에 몸을 던진다.
손을 들어 머리를 막고 뛰어 보다가,
젖은 머리를 쓸어 넘기며 걷는다.
옷이 젖어 속이 다 비친다.
손으로 대충 가려 본 뒤 고개를 든다.
빗물에 너의 우산이 맺힌다.
맞다. 너는 우산을 썼다.
너는 오늘도 나보다 낫다.

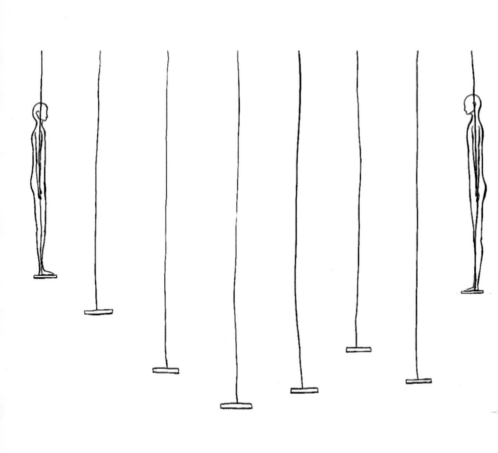

사람

|

함께이거나 혼자인 것.
이지선다는 언제나 후회를 남긴다.
사람이 곁에서, 때론 사라짐으로 우리에게 선사하는
무형의 가치 때문일 것이다.
사람에 대한 경험은 스스로를 알아가는 과정이다.
자신을 타인에게 투영하면서 얻게 되는 다름에 대한 인식은
스스로를 알아가는 자연스러운 첫 걸음이다.
수없이 빗대며, 우리는 성장한다.
우리는 살아가는 동안 서로를 만들기도,
파괴하기도 하면서 그렇게 어울리고 있다.
그 어울림의 현장이 삶이다.

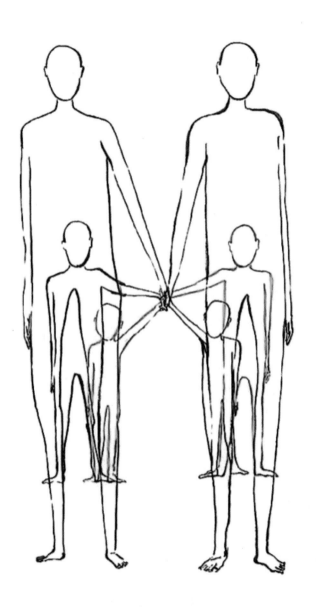

우리는 어린아이가 되기도 하고
10대가, 20대가 되기도 한다.
사람이 시절을 품고 있기 때문이다.
우리는 사람으로 시간을 거스른다.
시절은 사람이다.
사람도 시절이다.

사람은 물이다.
사람을 품은 곳은
사람을 흘러보내기도 한다.
차갑게 하기도 하고,
뜨겁게 하기도 한다.
사람은 물이다.
생각지도 못한 곳에 뿌려지거나
각자 다른 맛을 내기도 한다.
어디에든 들어갈 수 있고
무엇이든 물들일 수 있다.

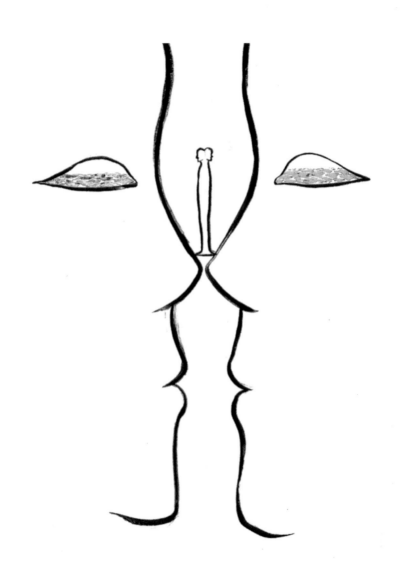

비가 드세게 내린 지 닷새째 되던 날,
해가 찾았다.
지난날들의 침침한 고독이 민망할 만큼,
한달음에 마중 나가 해를 맞았다.
햇빛에 젖은 바다와 사람을 보다가
문득,
사람들은 저 반짝이는 옥빛 바다가
지난 사흘간 세차게 흔들렸던 것을 알까.
하늘에 부드럽게 풀리는 노을빛이
그간 침울한 잿빛이었던 것을 알까.
바다와 함께 세차게 흔들렸던 이들만이
이 아름다운 광경의 치부를 알고 있다.
고작 닷새의 동고동락에도 이렇게 안타깝다.
당연한 듯 보여도 당연하지 않기에,
함께 세차게 흔들렸던 벗들이 마음에 내려앉는다.

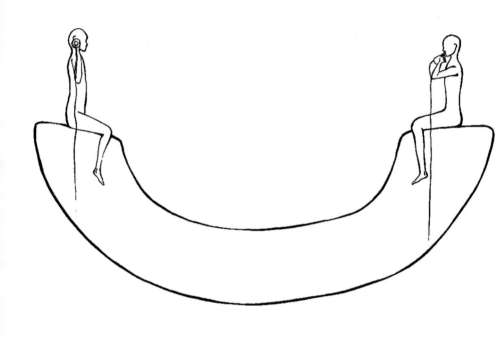

사람

전화를 하고 싶다.
오래 못 보았지만 편안한 누군가와.
아는 것은 혹 그간 바뀌었을 연락처뿐이다.
이기적인 바람이다.
그래도 연락처 목록을 살펴본다.
'우연히'가 없이는
전화를 걸 수 없는 사람들이 많다.
내가 멀리한 사람.
나를 멀리한 사람.
그저 멀어진 사람.
그래도 연락처를 없애지 못하겠는 사람.

소중한, 대부분의 하루는
무던히도 흘러간다.
그것이 마치 아무것도 아닌 양 반복되는 이유는
아무것도 아닌 일을 해야 하기 때문일 수도 있고,
아무것도 해내지 못했기 때문일 수도 있고,
그런 일에 지독히도 무던한 나 때문일 수도 있다.
하지만 이런 반복을 견뎌내는 이유 또한
매일이 그렇기 때문인지도 모르겠다.
절대로 진부해지지 않는 반복, 그것은 '사람'이다.

무수히 스치듯 지나간 인연들은
잘 기억하지 못한다.
그러나 가끔, 우연한 만남의 순간이
선명하게 떠오를 때가 있다.
그 기억은 어떠한 때가 없이
머릿속에 상영되곤 하는데,
그때마다 마음은 춤을 춘다.
어쩌면 이것은 거의 기억해내지 못하는,
아름답지만 수없이 지나쳐 왔던 시절들을
나도 몰래 스스로 찍어낸
'시절의 한 장면'일지도 모르겠다.

중간에서 만나

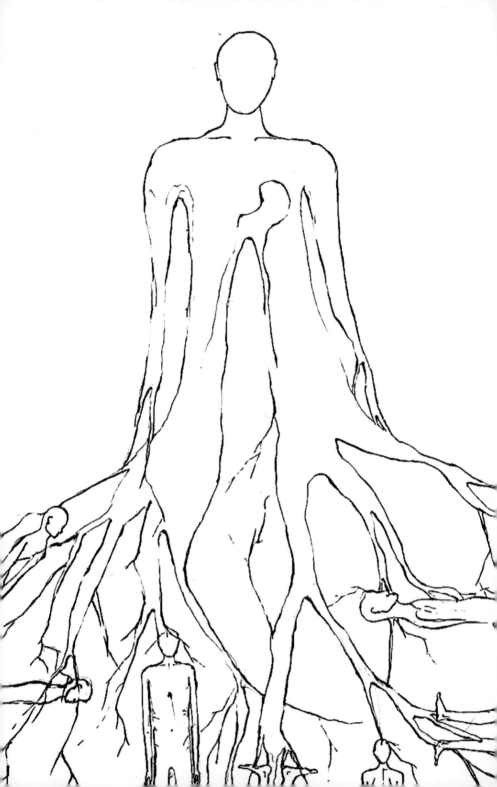

사람은 사람이 된다.
우리는 서로가 된다.
사람은 혼자서 살아가지 않듯,
혼자서 자라지 못한다.
나를 키워준 것은
사실은
수많은 타인이다.

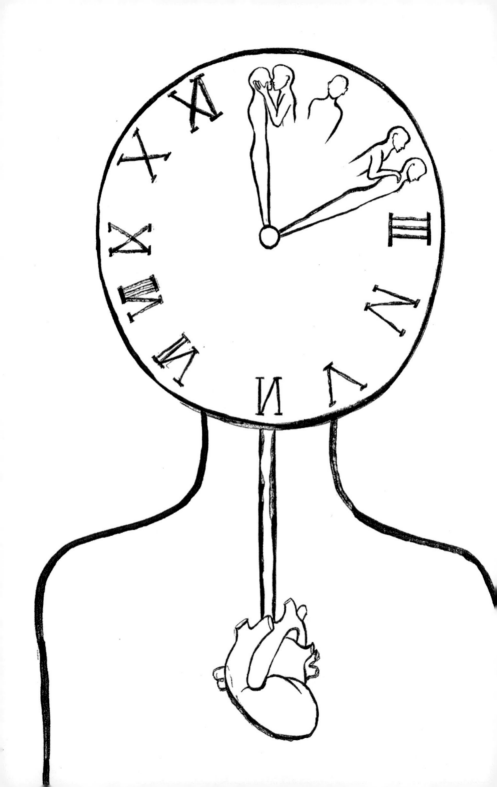

찰나의 시간 동안 그 사람은
벗이었고,
연인이었고,
이웃이었다.
그 사람이 버스에 오르고 나서도
정류장은 외롭지 않았다.
안타깝게도,
일방적으로 건네받은 행운은
원래 내 것이 아니다.
내가 할 수 있는 보답은
나의 행운을 그 사람이 모르게,
붙잡지 않는 것이다.

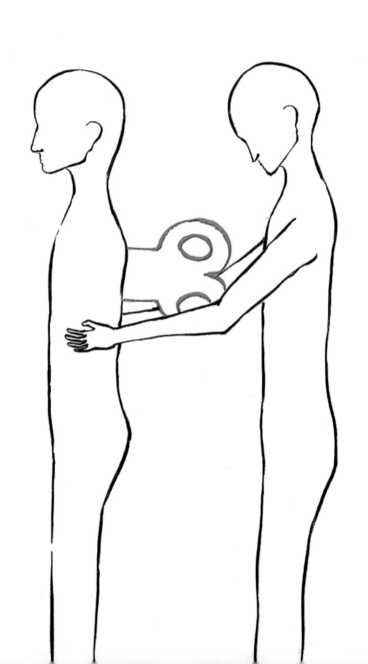

그날은 하루종일 누군가를 위해
살다가 들어온 날입니다.
미래의 자신이 마냥 타인처럼 느껴져서,
오늘의 나는 억울하기만 할 때입니다.
나의 시간이 타인을 위해 쓰인 만큼,
딱 그만큼만,
누군가가 나를 위해 살아주었으면
좋겠다고 생각했던 날입니다.
고되게 들어와서 당신이 존경스럽던 날입니다.
오랜만에 당신을 뒤에서 안았을 때,
그곳에 나의 이름이 적힌
커다란 태엽을 본 날입니다.

Mood

:
:

비가 오면
모든 것이 넘치는 느낌이 든다.
나도 같이 넘친다.
묵은 감정을 쏟아내는 하늘처럼,
나도 쏟아낸다.
그러다, 하늘이 감정에 못 이겨
무너져 내릴 것 같은 긴장감이 인다.
무섭다가, 이내, 그마저도 게을러진다.
한껏 낮아진 채도처럼,
나도 낮아진다.

나

|

주변의 생각이나 시선과는 상관없이
한없이 독단적으로 돌변할 때면
수없이 어울리지만 결국에는
혼자서 살아내고 있다는 생각이 든다.
그간 나를 스쳐간 사람들이 나를 바꿔놓은 그만큼,
바꾸지 못한 것들이 있다.
그것은 나도 모르거나,
나만 아는 모습일 것이다.
우리는 이런 모습에 집중해야 한다.
세상의 기억에서 잊히는 것이 나의 종말이라면
더 이상 살아갈 이유가 없다.
결정의 순간에 함께하는 것은
세상의 기억이 아닌
'나'다.

꽃이 부럽다.
아무도 알아주지 않아도,
하늘이 주는 양식만으로,
홀로 아름답게 피어날 수 있는 축복이
내겐 없다.

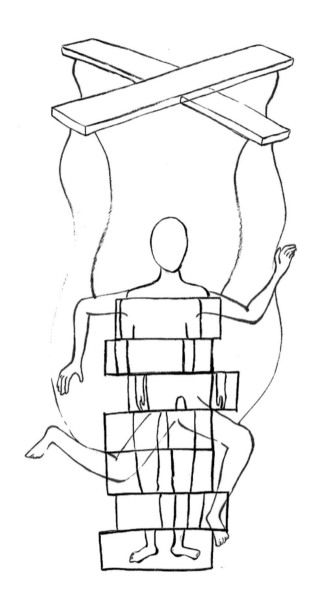

세상이 나를 가만히 두질 않는다는
생각이 들 때가 있다.
'계속되는 문제는 세상의 생존방식이다.'
어떤 것은 흘려보내고,
어떤 것은 무시하는 것은
'나의 생존방식이다.'

나의 신경은 오롯이 한줄기 '빛'에 집중되어 있었다.
가까워지지 않는 그 빛을 향해
걷고, 또 걸었다.
고철숲에 다다랐을 즈음, 숲이 빛을 가렸다.
그때, 나를 덮친 것은 새파란 한기와
지나쳐가는 수많은 사람의 무리였다.
그 인파를 바라보며 내가 느낀 것은
'공포'였다.
그 공포의 근원은
다시 빛을 찾을 수 있다는
'확신'의 부재였다.

비가 오면 밖을 나선다.
나는 세상과
딱 이 정도 거리가 좋다.
우산이 낯선 이의 얼굴을 가려주는
딱, 이 정도.
난 우산 속에서 자유롭다.
울거나, 웃거나, 감상에 젖는다.
낯선 이도 마찬가지로
반지름 1m도 안 되는 원 안에서 자유롭다.
자유롭게, 지금은 일단,

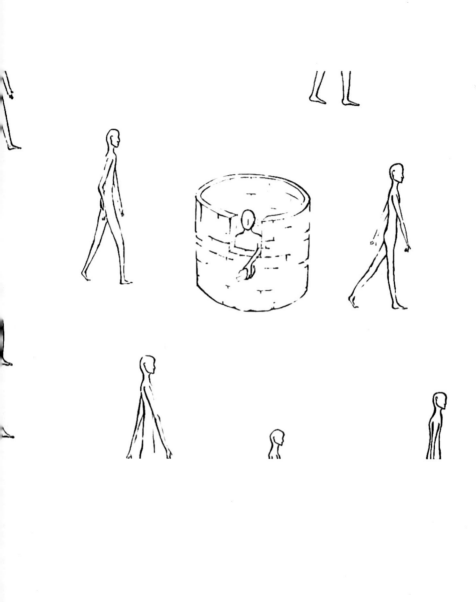

벽을 쌓는다.
맨몸을 세상에 내던지기에
나는 너무 약했고
세상은 너무 무서웠다.
벽돌을 하나 쌓으면,
딱 그만큼 세상이 무섭지 않았다.
그렇게 휘둘러쌓아,
벽이 틈 없이 단단해졌을 즈음 알았다.
쉬워진 나의 세계는 '딱 한 걸음'에 끝난다.

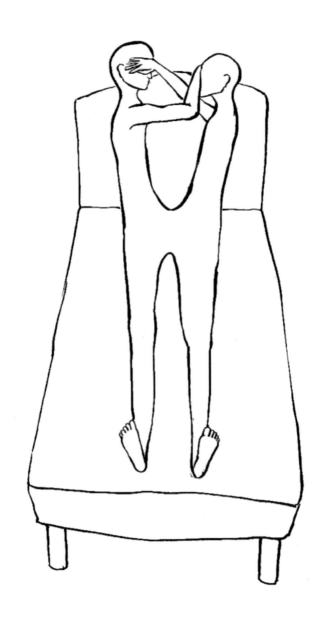

꿈을 꾸었다.
꿈속에는 침대 하나.
침대는 무엇이든 둘로 바꾸었다.
강아지도 두 마리
음식도 두 접시
볼펜도 두 자루
나도 두 명
우리는 서로 다투었다.
내가 나라고.
내가 나라고.
다투면서 생각한다.
둘 다 나라고.

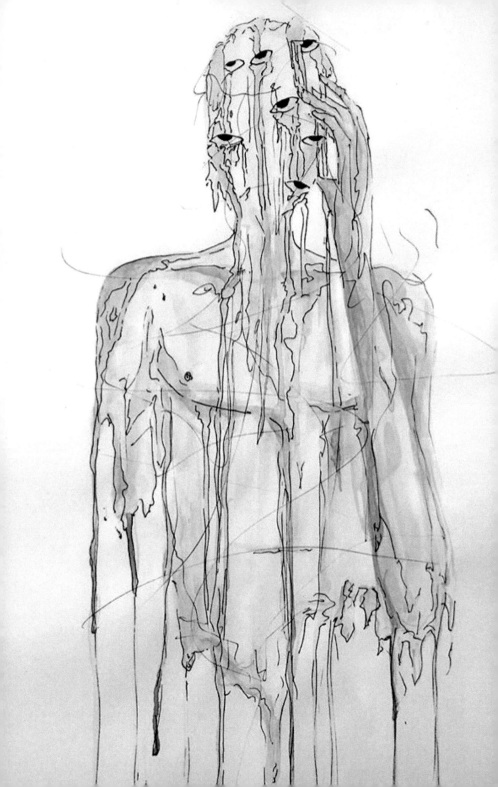

만약

초록색이고

눈이 여러 개이고

얼굴이 흘러내리는 사람이

거울 속에 있다고 해도,

그것이 내가 아니다

자신 있게 말하지 못할 것 같다.

하루 종일 망상 속에서 유영했던 젊은 인간에게

'자아'는 사치다.

기꺼이 향유하지 못하는
안목은 '사치'가 되고
든든하게 품지 못하는
사상은 '아집'이 된다.
눈과 머리를 힘들게
떠받치는 가냘픈 다리는
힘이 든다.

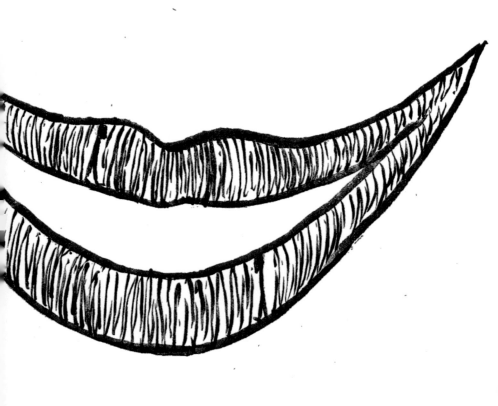

머리가 잘 정돈되지 않아도 되었다.
옷매무새가 예쁘지 않아도 되었다.
비싸지도 싸지도 않은,
맛있는 점심을 기분 좋게 먹었을 뿐이다.
잘 해내었다는 기분,
그뿐이었다.

나는 매일 후회한다.
흰 신발을 흙길에 신고 간 일도,
머플러를 택시에 두고 내린 일도.
후회는 미래를 대비하는
고귀한 학습이 아니다.
그것은 다른 모든 회상과 같다.
그저 뒤로 걷는 것이다.
지나간 날들을 훑으며 조심스럽게,
익숙지 않은 걸음을 걷는 것이다.
뒤로 걷기에 서툴고, 조심스럽다.
그래도 깜깜한 미래보다는
과거에 기대어 사는 것이다.

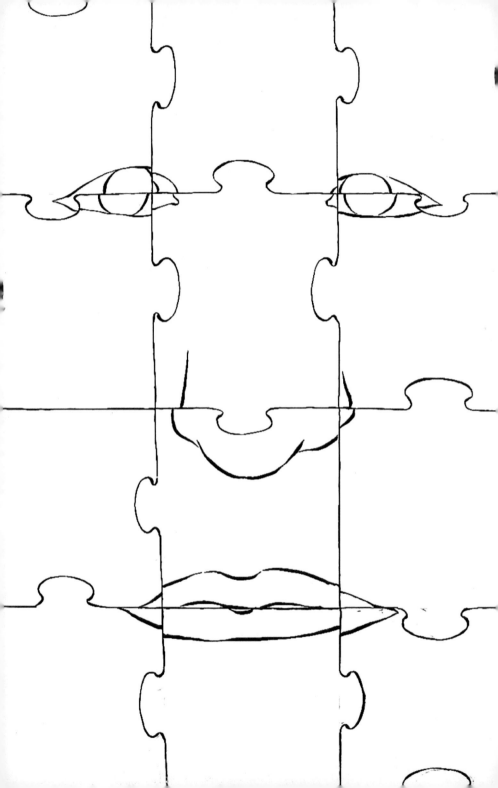

퍼즐로 이루어진 가면이 있다.
각각이 가지고 있는 표현, 표정은 얼굴이 된다.
미소 짓거나, 상심에 빠진 표정을 하거나,
'필요에 따라선' 울기도 한다.
얼굴에 약간의 이입을 더하면
비로소 가면은 정당성을 얻는다.
주의할 점은,
진정한 것은 언제나 모르는 사이 가려진다는 것.

내가 마주하고 있는 것은
어두운 과거.
지우고 싶은 기억.
내가 서 있는 곳은
과거의 어둠을 하얗게 덧칠하는
삭제와 재구성의 몸부림,
그 현장.

내가 마주하고 있는 것은
새까만 미지.
알 수 없는 미래.
내가 서 있는 곳은
칠흑을 밝히는 나만의 색,
그것을 칠하는 새하얀 붓질,
그 현장.

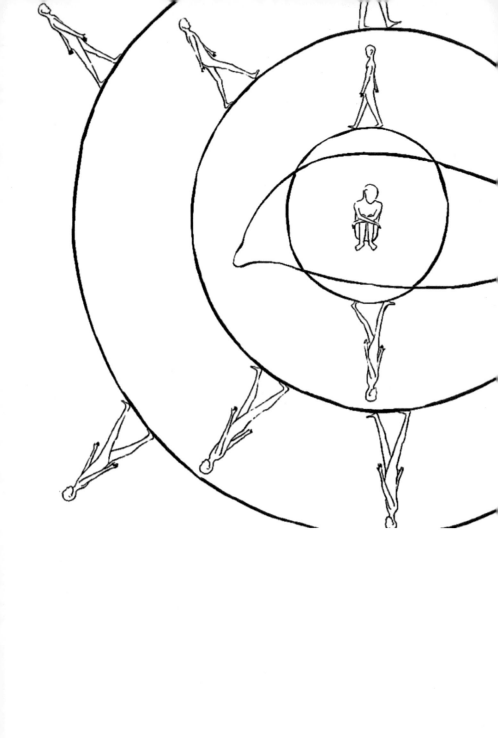

어떤 하루는 태풍과 같이 지나간다.
태풍의 눈에서 바라본 하루는
강렬하게 나를 맴돈다.
온전히 섞이기에는 겁이 나는 속도로,
어떻게 지나갔는지 모른다.
빠른 풍속에 닿지 않을까
무서운 생각이 들면
외롭고 오래된 레코드를 켠다.
레코드는 태풍과 반대로 돈다.

중간에서 만나

내가 일으킨 파도가 나의 세상을
집어삼키는 것을 보았을 때,
스스로를 향한 자조는
비웃음과 같이 가벼운 것이 아니었다.
나의 자책은 그 어떠한
붉은 기운도 없이,
억울함도 없이,
차갑게 내려앉았다.
그리고, 푸른 눈물이 흘렀다.

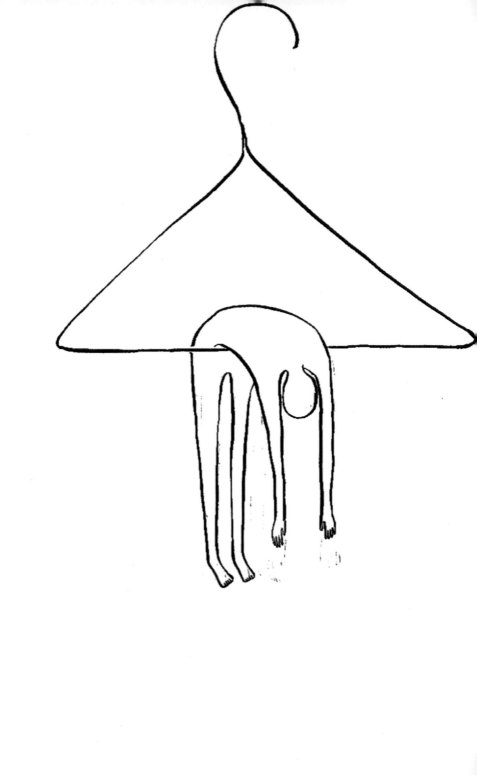

해가 좋은 날 빨래를 널었다.
옷걸이에 볕을 같이 널어두면
묵직함이 곧 가신다.
깨끗한 빨래는 볕 안에서 완벽해진다.
오랜만에 가만히 서서 햇빛을 보았다.
나는 볕을 쐬어도 완벽해지지 못한다.
나의 묵은 생각은 깨끗하지 못하다.

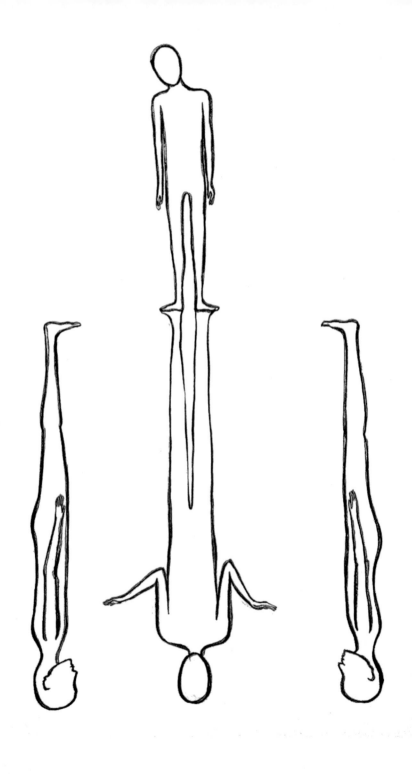

누군가 내게 아무것도 아니라고 한다면
나는 무엇일까.
무엇이라도 된다고 말하기엔
나는 나를 잘 모른다.
오랫동안 기대에 기대어 살았다.
세상의 기억에서 벗어나면
스스로를 증명할 수 없다.
모두가 그럴지도 모른다.

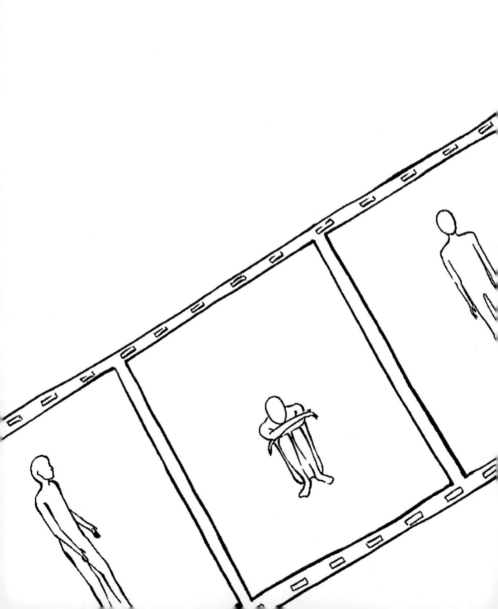

내게는 그간 수없이 지나온 순간이 있다.
그리고 그 순간들의 수많은 기억이 있다.
충격적으로 남은 기억과,
습관으로 자리 잡은 기억과,
또한 남지 않은 기억이 있다.
매일을 지나쳐 보낸다.
매일을 지나쳐 보냈다.
그렇기에, 이 또한 지나가는 것이어라.
불행하고 아픈 기억이 될지언정
일단은 흘러가는 것이어라.
끝이 아닌 그저 순간이어라.

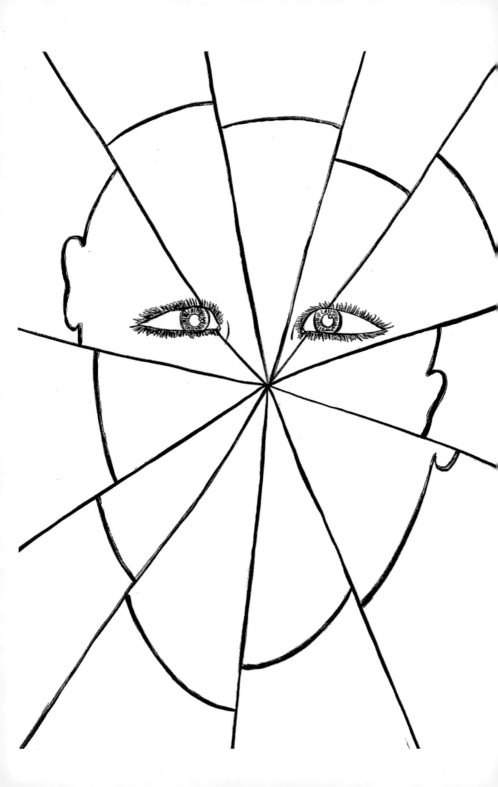

세상을 구분 짓고, 정의하고
그렇게 바라본다.
그러나 내면에 혼재되어있는
'색'들은
좀처럼 제 빛을 내지 못하고,
어둡게 뒤엉킨다.
이러한 역설 때문인지,
완성되지 못하고 계속해서
비뚤어진다.

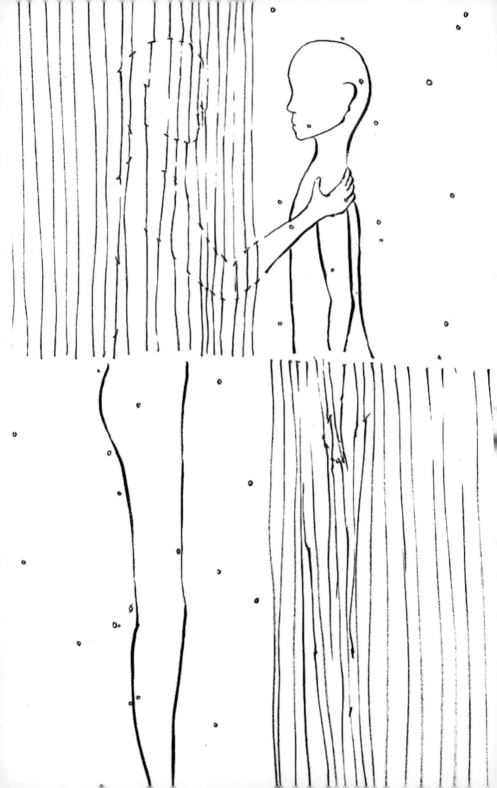

Mood

.
.
.

지난여름의 열대야가 빼앗아간

잠을 돌려주지 않고 떠났다.

여름이 한참이나 지나고도 그 관성에서

온전히 탈출하지 못한 겨울밤이다.

야밤에 눈이 내린다.

이 긴 겨울의 열대야를

누군가와 함께할지도 모른다는

근거 없는 설렘도 함께 내린다.

추운 계절에 내리기에 더욱 설레고,

그래서 더 허무하다.

창밖에 손을 붙잡은 남녀가 보인다.

꼭 붙어서도 추운지 서로의 옷깃을 여며준다.

맞다. 겨울의 밤은 사랑을 해도 춥다.

문득, 이렇게 하얗고 예쁜 것이

지난여름에 내렸다면 얼마나 좋았을까 생각해 본다.

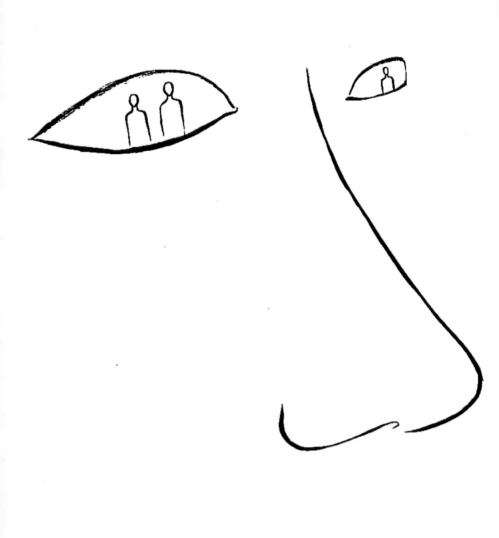

콩깍지

|

세상은 모순된 것이 참 많다.
어렵고도 쉽고,
슬프고도 기쁘며
싫고 동시에 좋다.
'시선'은 그래서 중요하다.
편견을 물리치는 것도,
편견을 심는 것도 시선이다.
모든 것을 아름답게 만들며
반대로 추악하게 만들기도 한다.
시선을 통해 우리는
같은 공기 속에서
행복하기도 하고 불행하기도 하다.
무엇이든 악마가 될 수 있고
꽃이 될 수도 있다.

시선은 전염되고, 공유된다.
타인은 창이자, 벽이다.
모두가 서로에게 '콩깍지'이다.
우리는 아름다운 시선을
가져야 할 의무가 있다.
그런 시선으로 살아간다는 것은
주변에 아름다운 광경을
선물하는 일과 같다.

죽는 순간을 상상해 본 일이 있다.
내가 힘을 다하고
사방이 아득한 와중에
무엇인가 데리러 온다면,
새하얀 존재이길 빌었다.
막연하게, 거둬지길 빌었다.
새까만 것에 들쳐 메어져서
두 발을 동동거리는 것은
아주 잘 살기로 했다면
어딘가 치욕스럽다.
내게 죽음은
미련 서린 억지가 아니라
진정한 안식이고 싶었다.
유한함이 축복인 삶이길 바랐다.

우리는 종종 아름다운 것들을
사각의 틀에 넣어서 보곤 한다.
아름다움을 캔버스에 그려 넣고,
또 그런 순간을 사진에 담아 넣듯이.
온통 사각으로 이루어진 세상을 상상한다.
세상이 아름다웠으면 해서.
내가 아름다웠으면 해서.

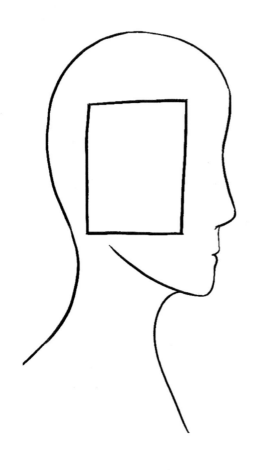

영화 같은 '시선'을 가져 본다.
영화 같은 일이 벌어질 것만 같은
일말의 기대감이 인다.

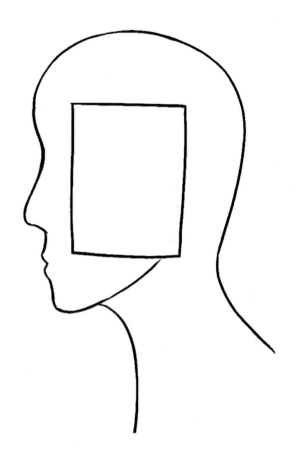

초점을 기준으로,
전혀 다른 세계가 피어난다.
시선은 삶의 색채다.

중간에서 만나

Mood

∶
∶

순백은 공존과 비공존마저도
함께 품는다.
무한한 가능성의 색이자,
고결한 '무'의 색이다.
무한한 가능성과
고결한 정체의 공존으로
그렇게 존재한다.
서울은 순백의 도시다.
잘 정돈된 커피숍의 창 너머로
붉고 오래된 홍등이 비치는 곳이다.

이상(異想)

|

나에게 세상은 탈출해야 하는
커다란 관습의 감옥이었다.
그리고
나는 그곳에서 해방되었다.
관습을 받아들여서도 아니고
세상이 무너진 것도 아니다.
나는 나의 해방욕구에서 해방되었다.
어쩌면 세상은 영원히 바뀌지 않을지도 모른다.
억압은 언제나 존재하고
편견은 매번 다른 형태로 피해자를 만들 것이다.
그럼에도 세상이 살 만하다고 생각하는 이유는
내가 더 이상 해방을 갈구하지 않는 이유와 같다.
세상은 그 모든 어둠을 담아내고도
모두를 밝게 비출 수 있을 만큼
'아주 넓다.'

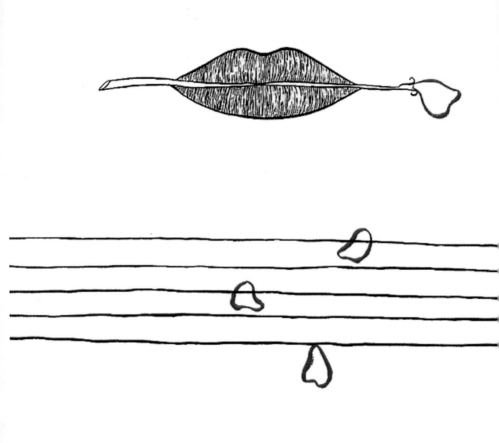

치아 사이로 음계가 나른하게 날아간다.
나른하게 날아서 스며 없어진다.
나의 가장 아름다운 창조물이
그저 스며 사라진다.
사라짐은 아름다움의 숙명이다.
그럼에도 다시 노래를 부르면,
음계는 날아오른다.
마치 숙명처럼 없어지지만,
또 언제나 그렇게 가까이 있다.

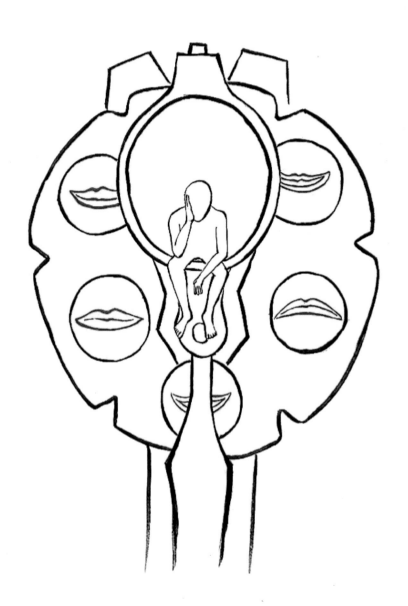

'잘 되리라'고 믿는 것은
가시밭길에서도
여유롭게 걷는 법이다.
불행은 부름 받지 않기에
늘 먼저 찾아오지만
그래서 더욱 선명하다.
극복할 수 있다고
믿어 의심치 않는 것은
가장 선명한 행복을
곁에 두는 일이다.
사람은 거짓 행복보다
불행과 친해지는 용기가 필요하다.

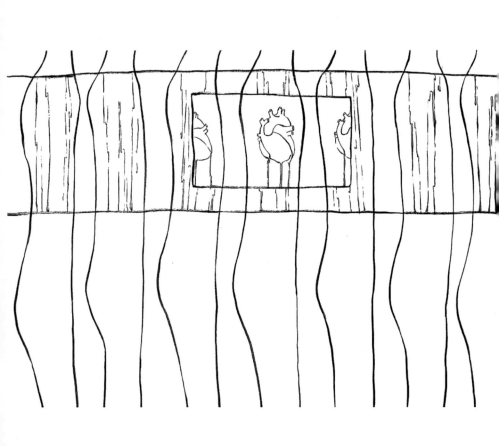

옷가지와 같이
누구에게나 하나쯤 있는 것.
상처다.
아프지만, 중요한 것은
그것이 '증명'이라는 것이다.
살아있다는 증거이며
이미 지나간 과거의 날들을
힘겨운 와중에도 살아왔다는
생존의 이력이다.

이상(異想)

하루 종일 춥고 나서야
따뜻한 방 한쪽을 얻었다.
하루 종일 추운 것은
춥지 않기 위함이다.
오늘이 고단한 것이
내일을 위함이라면
지난날의 고단함이 아쉽다.
지키고 싶은 것을 희생해
지키고 싶은 것을 지켜내는 것.
삶을 조금 잃는 대신
삶을 살아내는 것.

갖가지 생각의 색채는
'의문'이라는
유일하고도 영원한 공백으로
한없이 모여들어
제빛을 뽐내고자 한다.

무엇이든, 이미 끝났다는 것을
받아들이는 게 쉽지 않다.
수없이 끝을 생각하지만
막상 그것에 다다랐을 때,
거짓말처럼 아무 생각도 하지 못한다.
종점은 다음 역으로 향하지 않는다.
왔던 길을 되돌아갈 뿐이다.
다음 역은 없다.
내려야만 한다.
어떤 끝에서, 또 다른 전진은
'환승'이다.

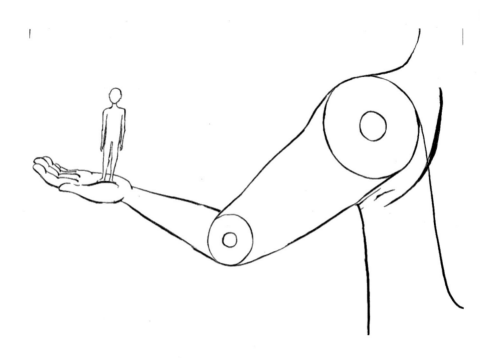

우리는 다수의 편에 서기도 하고
소수의 의견을 대변하기도 한다.
작정하고 소수가 되기도 하며
휩쓸리듯 다수가 되기도 한다.

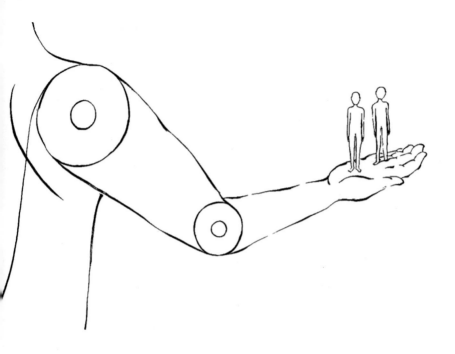

언제나 소수이자 다수이다.
그렇기에
숫자가 경중을 결정하는 것이 아님을
무엇보다 잘 알고 있어야 한다.

중간에서 만나

'특별하지 않다.'
이 충격적인 사실이
보편적일 수 있는 이유는
모두가 그렇기 때문이다.
충격적일 정도로 평범한 삶에서
특별함을 꿈꾸며 살아간다.
우리가 미래를 이야기하는 이유는
미래를 내다보는 것이
언제나 특별하기 때문이다.

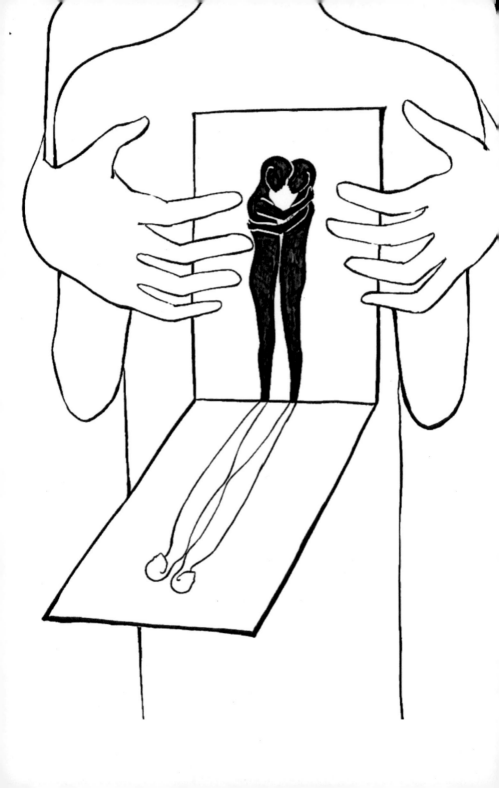

세상은 언제나 그대로다.
모든 것이 아프기에
변함없이 냉정하다
하지만 다른 어떤 곳에서 우리는
세상과 함께 웃고 울고 사랑하며,
모든 지워지는 것들을 기억하며.
분명히 그렇게 살고 있을 것이다.

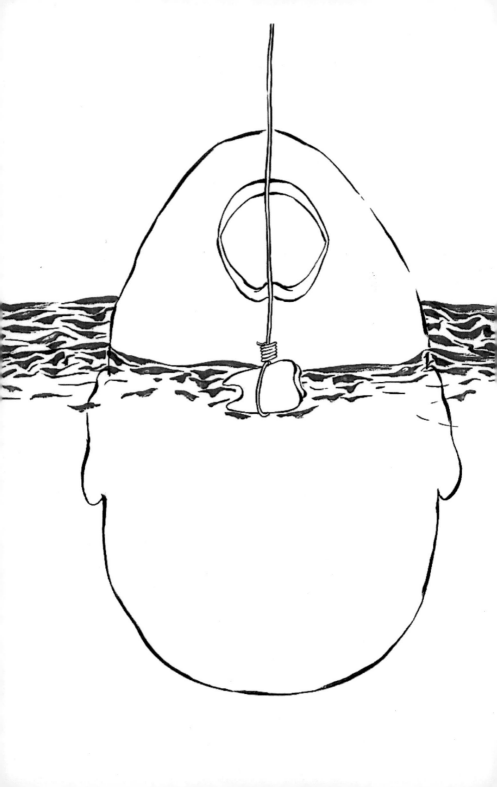

우리는 살아있기에,
모든 것을 잃을 수 없다.
삶은 삶의 희망이기도 하다.
그러나 종종 삶이 사랑니처럼
느껴지는 청춘이 있나 보다.
갖고 있기보다 버리고 싶은,
하지만 빼버리기엔 또 무서운 그런 것.
얼마나 아프기에
사랑도 해보지 않은 사랑니를
빼버리고 싶을까.
누운 이를 매만지며
닿을 수 없는 느낌을 헤아린다.

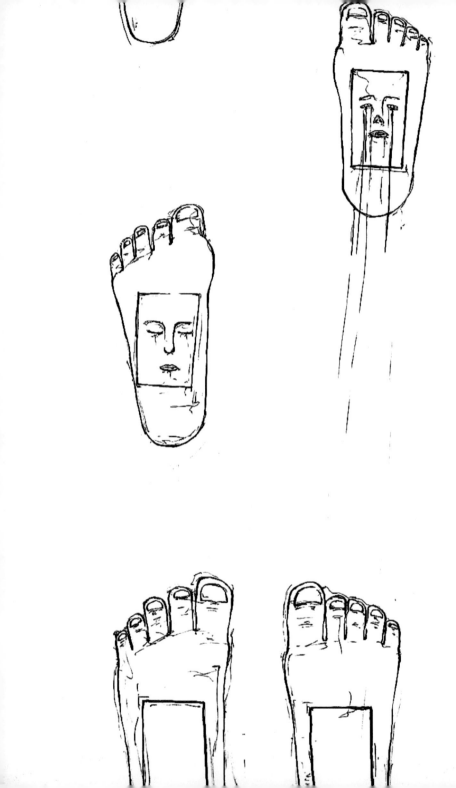

세상은 상상했던 일을
쉽게 내어주지 않는다.
상상은 부질없다.
그럼에도 내가
매일 상상을 하는 이유는
상상은 지나가며
'발자국'을 남기기 때문이다.
상상하지 않았다면 쓰이지 않았을
이 글과 같은 것 말이다.

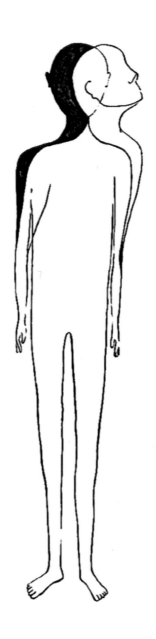

Mood

:
:

해를 보기 위해 밤을 새우는 것이
내게는 일탈이다.
마땅히 잃었어야 하는 것들을
불러 세우는 일이다.
밤이 저물어가는 광경을 보다가,
해가 나면 그저 고맙다.
일찍 깨어 마주하는
당연한 해와는 다르게,
하루의 끝에서 마주하는 빛은
특별한 선물이다.

만남

|

관계는 증명의 과정이다.
포용하는 것, 희생하는 것, 사랑하는 것.
우리는 각자의 방식으로 서로의 관계를 증명한다.
관계의 증명을 통해 우리는 성장한다.
그러나, 실패하더라도 괜찮다.
관계의 실패는 나의 실패가 아니기에.
우리는 망설일 필요가 없다.
각자의 방식대로 관계를 증명하며
각자의 방식대로 실패하며
각자의 방식대로 성장하며
그렇게 사는 것이다.

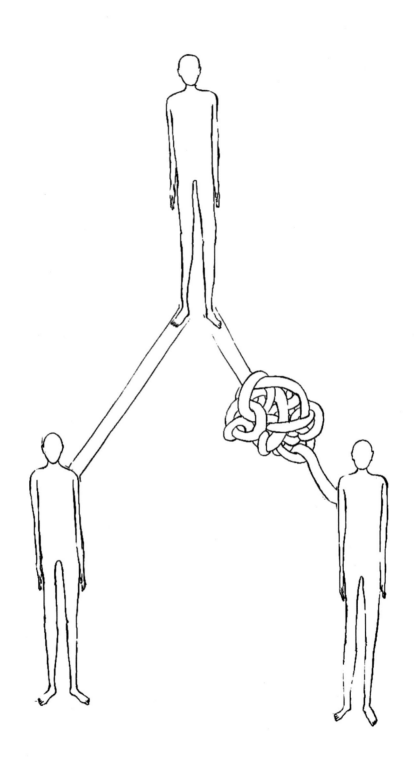

꼬인 길을 돌아 만난 사람이 반갑지 않다.
'여독'은 반가움마저도 집어삼킨다.
지척에 머무르던 친구 생각이 난다.
갑자기 만나서는 오래도 놀았던.
자라고 나서부터 되려 길을 헤맨다.
관념투성이인 관계가 어렵다.
바라건대, 나는 언제나 '직진'이고 싶다.

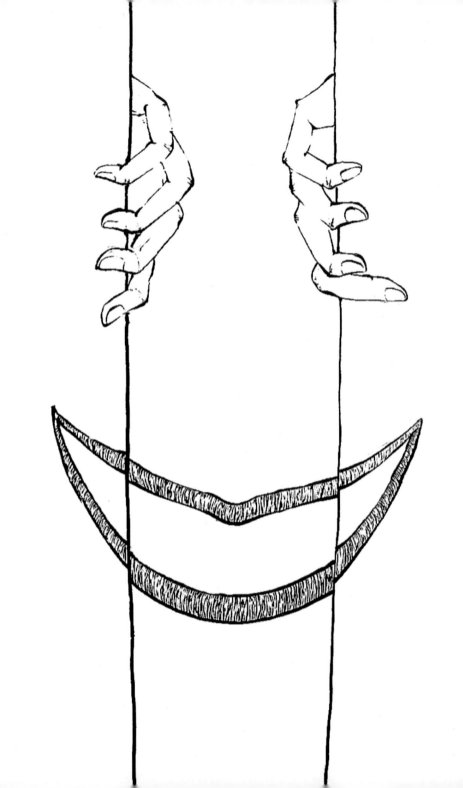

인간은 목숨을 걸고 미지에 도전하듯,
응당 아는 것을 배출해야 하는 걸까.
지켜내지 못했다는 무거운 진실,
그 앞에 내가 있었다.
무형의 가치를 버겁게 떠안은
나약한 관계의 대지가 있었다.

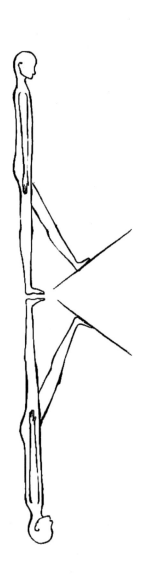

가깝게 걷기 시작했지만
이내 멀어졌다.
계속 가깝지 못한 것은
처음의 그때에,
서로의 벌어진 발끝을
미처 몰랐기 때문이다.
우리의 시작은 꼭짓점이었다.
처음이 제일 가까웠다.

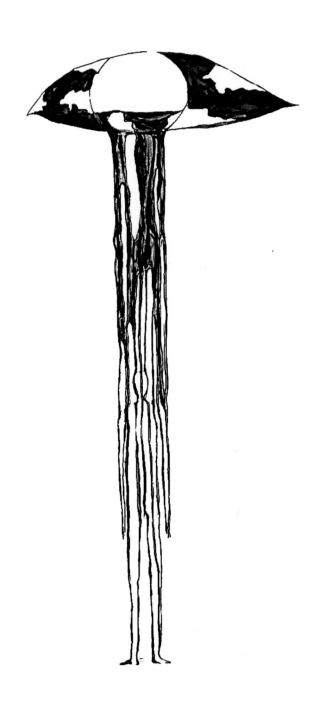

눈이 멀었다.
어쩌면
이제 더 이상 사람을 볼 필요가
없는지도 모르겠다.
내게는 이미 정해진 것들이
너무 많다.
때때로 너무 사소해서
웃음이 나기도 하는 것들.
그것들이 빚어낸 형상을 마주한다.
내가 본 마지막 사람이 떠오른다.
깨끗한 동공에서 밝게도 빛났던,
마지막 사람이 떠오른다.

뒷걸음질 치며 안부를 묻는 이가 있다.
분명히 조금씩 멀어지는데,
대뜸 안부를 잘도 묻는다.
그 안부에는 배려가 없다.
우리 사이의 거리를 홀로
독차지하고 싶은 마음뿐이다.
가까이 오면 그런대로,
또 멀어지면 그렇게.
나 혼자 우뚝 서 있길 바라는 마음뿐이다.

중간에서 만나

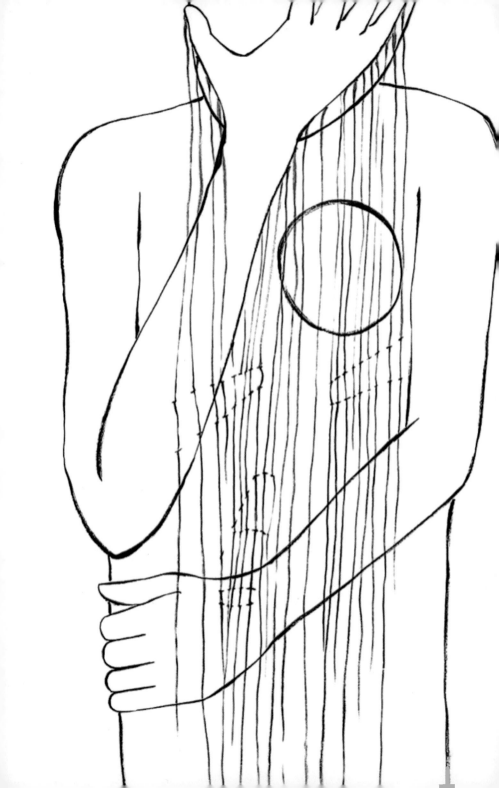

꺾이는 꽃은 말이 없다.
제 몸이 다치는 동안에도
고요히 아프다.
소리 내어 말할 수 없어서
그런 것이 아니다.
들리지 않는 것이 당연해서다.
꺾는 이도 그것을 알기에,
혹시나, 하고 귀 기울이지 않는다.
꽃의 비극이다.
이 비극을 사람에게도
옮기는 이들이 있다.
들리는 비명에도 무심히,
귀 기울이지 않는다.

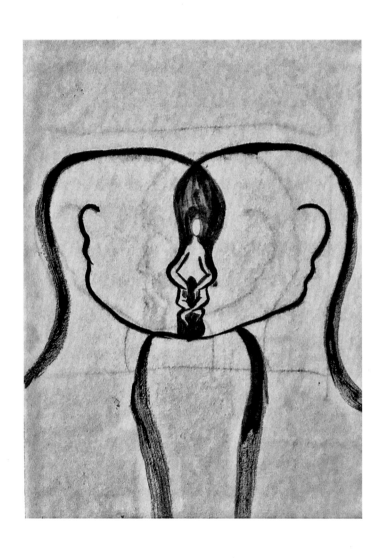

세상은 벤다이어그램이다.
나는 A고 너는 B다.
너와 있을 때
나는 내가 아니다.
나는 교집합이다.
우리는 수많은 A와 B의
교집합이다.

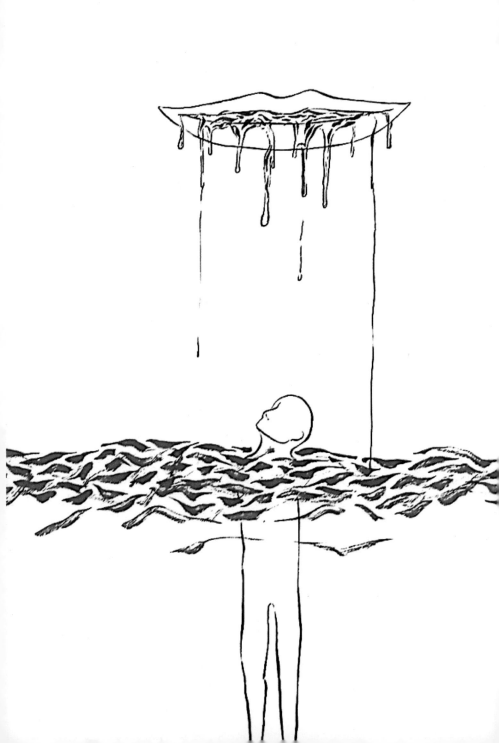

입술에는 수많은 추가 달려있다.
우리는 그것을 떼어내는 대신
마음 한켠에 걸어두는 예의가 필요하다.

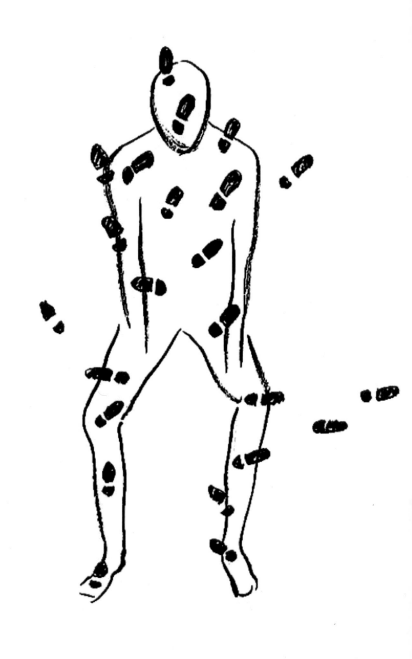

나는 움직이지 않아 은인이 되었다.
눈에 뵈지 않아서,
머리에 없어서,
나를 밟고 지나칠 때
나는 단지 움직이지 않았다.
무심히 수놓아진 빽빽한 발자국 위에서
서로를 다시 마주했을 때
그 사람은 나에게 미안했고, 고마웠다.
나는 움직이지 않았다.

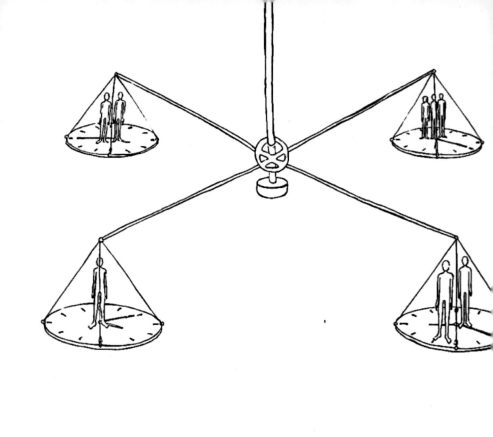

관계를 움켜쥐는 것은 시간이다.
나의 시간이 처음부터 내 것이 아니듯,
관계를 붙들어 놓는 일도 내 일이 아니다.
우리는 매번 스스로가
주인인 것처럼 행동하지만
사실, 모든 관계를 움켜쥘 수 있는 권위는
어디에도 없다.

Mood
:
:

"중간에서 만나."

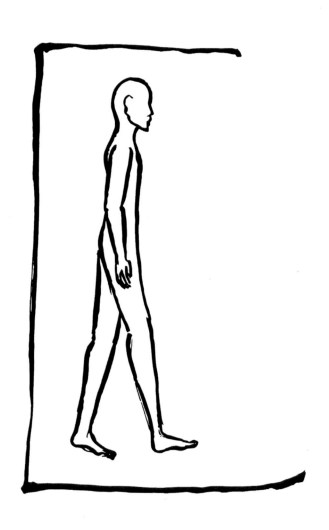

에필로그

사람을 만나
사람에 대해, 나에 대해 배운다.

우리는 하얀 백지로 태어나
만남으로써 작품이 된다.
그렇게 서로에게 영감을 준다.

서로의 작품을 보며

세상이 무성영화가 되고
배경음악이 들린다는 것을 배운다.
가슴 아프다는 것이 어떤 것인지 배운다.
눈에 콩깍지를 씌우기도 한다.
하루 종일 기분이 좌지우지되기도 한다.
주인공이 되기도 한다.

그렇게 사람들은 내게 여러 가지 색을 입힌다.
그 여러 가지 색들이 내가 된다.

나는 사람들로부터 조금씩 그려진다.